AF377303

feuilles 1—3

LES
CAUSES NOUVELLES,

EXTRAIT

DES DÉBATS LES PLUS INTÈRESSANS

qui ont lieu

DEVANT LES TRIBUNAUX FRANÇAIS ET ÉTRANGERS.

4ᵉ LIVRAISON 1—3

10 CENTIMES.

A PARIS.

CHEZ FOULLON, libraire, cour du Commerce Saint André-
des-Arts, 3.
VERGER, libraire, rue Saint Jacques, 154.

Et dans tous les magasins de publications pittoresques.

1859.

Depuis longtemps on attendait avec impatience une publication qui réunît, à l'avantage d'un bon choix des curieux débats de la Police correctionelle et de ceux non moins intéressans, mais plus tristes, des Cours d'assises, l'avantage incontestable d'un prix aussi modique ; aussi comptons nous déja un grand nombre de souscripteurs, surtout parmi la classe ouvrière qui, n'ayant pas le temps de lire les nombreux journaux qui paraissent chaque jour, se trouvent par là dans une ignorance complète de ce qui se passe auprès d'eux.

Les Causes Nouvelles paraîtront une fois par semaine par livraisons d'une feuille in-8, imprimée sur caractère petit romain, avec une couverture imprimée, il sera délivré *gratis*, aux souscripteurs, à la fin de chaque volume, les titres et la couverture appropriée au volume.

Prix de la livraison. 10 centimes.

Imprimerie de Mme POUSSIN, rue Mignon, n. 2.

LES CAUSES NOUVELLES,

EXTRAIT

DES DÉBATS
LES PLUS INTÉRESSANS
QUI ONT LIEU DEVANT LES TRIBUNAUX
FRANÇAIS ET ÉTRANGERS.

I.

LE JOCRISSE.

Babot, grand moutard de dix-sept ans, long, ef-
flanqué, s'élève au banc des prévenus sous la forme
d'un mat de cocagne infiniment prolongé. Ce jeune
gamin est d'une effronterie déplorable, et répond
avec une hardiesse qui donne une opinion défa-
vorable de ses dispositions pour l'avenir.

1

M. le président. — Babot, vous étiez sans asile quand on vous a arrêté?

Babot. — Il y avait 24 heures que j'étais sorti de prison, j'avais pas eu le temps de chercher un *loyer*.

—Quel est votre dernier domicile?

—La Force.

—Où demeuriez-vous avant d'être en prison?

-Je demeurais un peu partout.

—Vous étiez constamment en état de vagabondage?

—J'étais avec un charlatan.

—A quoi vous employait-il?

—Je battais la caisse... et je recevais des coups de pieds et des gifles dans les parades.

—Ce n'est pas là un état!

—C'est un état tout comme un autre.

—Oui pour les paresseux...

—Tiens! si c'est mon goût, moi... chacun sa vocation, v'là la mienne... j'suis *artisse*.

A la suite de votre précédente condamnation, vous ne deviez pas rester à Paris... pourquoi ne vous êtes vous pas rendu au lieu qu'on vous avait désigné?

—Tiens! il fallait aller trop loin!...

Le jeune jocrisse est condamné à trois mois de prison; il entend cela avec la même impassibilité qu'il accepte les coups de pieds, et les horions de son maître le charlatan.

UN HOMME TRÈS-LAID.

Un petit homme tout sec, tout fluet, s'agite sur le banc des prévenus de la police correctionnelle, où il rebondit comme une balle élastique, en soufflant bruyamment l'air que renferme ses joues enflées par la colère. Ses yeux profondément enfoncés, se devinent bien plus qu'ils ne se voient, aux éclairs qu'ils lancent; ils ne sont séparés de sa bouche, fendue presque jusqu'aux oreilles, que par une petite excroissance qui affiche des prétentions malheureuses au titre de nez. Maintenant au-dessus de tout cela, supposez une tête rase comme un genou, si ce n'est une mèche au beau milieu du crâne, à l'instar des magots chinois, et vous aurez la portraiture fidèle de ce comique personnage, qui déclare se nommer Forest, être ancien commis à cheval dans les contributions, et est prévenu de voies de fait envers le sieur Brunetin et le fils de M. Deslauriers.

Quand M. Forest a répondu aux questions préliminaires de M. le président, il s'écrie d'une voix aigre à laquelle il cherche à donner du corps : « Monsieur le président, je suis nerveux, excessivement nerveux; aussi je vous prie de ne pas faire attention si je ne conserve pas toujours le sang-froid que réclame la majesté de votre Tribunal. »

M. le président. — Je vous engage, au contraire, et cela dans vos intérêts, à être très calme, et à ne répondre que quand je vous interrogerai.

M. Brunetin, premier plaignant. — Je demeur
dans la maison de Monsieur, et je le rencontre
quelquefois dans l'escalier. Je m'étais souvent
aperçu que Monsieur devenait pâle comme un
linceul quand je jetais les yeux sur lui, et ne sa-
chant à quoi attribuer cette émotion soudaine,
j'en parlai au portier, qui me répondit : « Il ne
faut pas que cela vous étonne, Monsieur; M. Forest a le désavantage (je vous cite ses propres ex-
pressions) d'être doué d'une laideur diabolique. »
Le portier ajouta que toutes les fois qu'on regar-
dait M. Forest, même par hasard et sans la moin-
dre intention, il s'imaginait qu'on voulait se mo-
quer de lui, et qu'il se mettait dans des colères
qui étaient souvent fort dangereuses...

Le prévenu. — Ça n'est pas ma faute!... j'ai de
la dignité et je suis nerveux.

Le plaignant. — Quelques jours après ma con-
versation avec le portier, je rencontrai M. Forest.
Le souvenir de ce que le portier m'avait dit me
fit regarder mon voisin presque malgré moi, et
amena un léger sourire sur mes lèvres. Alors M. Forest s'élança près de moi et m'interpellant d'un
ton furieux : « Cela ne finira donc pas! » s'écria-t-
il; et sans attendre ma réponse, il me lança à la
figure le contenu de sa tabatière qu'il tenait à la
main. Heureusement, je baissai la tête, et la plus
grande partie du tabac s'en alla dans l'espace; cependant j'en reçus assez pour être éborgné. Je
souffris de l'œil gauche pendant plus de quinze

jours, et je suis encore obligé de porter des lunettes vertes.

Le prévenu. — Tant pis pour vous!... Il ne fallait pas avoir l'air de me narguer... Ah! ah! ah!... Oh! mais!... oh! mais!... Pardon, M. le président!... mais je suis nerveux... Mille dieux!... je m'arrête, car j'irais trop loin.

Le petit Deslauriers, âgé de neuf ans. — Je n'avais rien fait à ce vilain monsieur, et il m'a battu.

Le prévenu. — Comment, petit serpent, tu ne t'étais pas permis de me regarder?

L'enfant. — Ça ne vous faisait pas de mal de vous regarder, tandis que les claques que vous m'avez données m'ont fait bien du mal.

M. le président. — Quels sont les coups que Forest vous a portés?

L'enfant. — Il m'a pris sous son bras et puis il m'a donné des grandes tapes sur mon derrière, en me disant: « Ah! petit vaurien, tu t'en mêles aussi!.» Moi, j'avais beau pleurer et crier, ça ne faisait que de le mettre en colère davantage; enfin il m'a lâché et j'ai été le dire à papa... Ça me cuisait tout plein.

M. le président, au prévenu. — Forest, comment est-il possible que, sans provocation aucune, vous vous soyez livré à de pareils actes de brutalité?

Le prévenu. — Ils me regardaient, ils n'avaient pas besoin de me regarder.

— Si vous frappez ainsi tous ceux qui vous regardent, vous pouvez vous exposer à de graves inconvéniens, je vous en avertis.

—Je ne peux pourtant pas porter un masque.

—Vous vous figurez que l'on a l'intention de vous offenser quand on ne pense même pas à vous.

—C'est que je suis nerveux.

Le Tribunal condamne le trop susceptible M. Forest à 100 fr. d'amende.

LE FLÉAU DES CHIENS.

Le sieur Blanvillain, écarrisseur, rue de la Boucherie, au Gros-Caillou, est prévenu du vol d'un superbe épagneul, dont le sieur Basset, son ex-propriétaire, vient déplorer la perte devant le tribunal de Police correctionnelle où il se constitue partie civile.

« J'avais, dit-il, un beau chien de chasse auquel je tenais beaucoup, et qui est tombé victime du plus perfide guet-à-pens. Un matin, qu'il suivait ma femme dans ses petites courses de ménage, il fut traîtreusement attiré dans une allée noire, par l'appât grossier d'un mauvais morceau de viande. A peine est-il entré que cet homme l'étrangle, l'enfouit dans un sac et le jette dans une petite voiture qui part au grand trot. Tel est le récit de quelques voisins témoins de cet acte de barbarie : ils en avertirent ma femme qui sut bien, comme vous allez le voir, se mettre sur les traces de l'audacieux voleur. »

M. le président.—Combien demandez-vous de dommages-intérêts.

M. Basset.—Je demande 300 fr.; c'est moins certainement que ne valait mon pauvre chien qui était bon, instruit, et qui me servait, tant pour mon plaisir que pour la garde de mon établissement.

Un sergent de ville est ensuite entendu.

« Je vis venir à moi une dame fort courroucée, qui me dit : Monsieur, faites-moi rendre mon chien, je vous donnerai tout ce que vous voudrez. — Je n'ai rien à accepter pour ça, indiquez-moi seulement la personne qui vous l'a volé, votre chien, et je vous le ferai rendre.— Voyez-vous cette petite voiture attelée d'un cheval gris ?—Fort bien. —C'est là-dedans qu'est mon chien.—Mais, madame, comment voulez-vous qu'à pied je r'atrappe cette voiture déjà loin et qu'emporte un cheval au grand trot ? prenons un cabriolet et nous lui donnerons la chasse. Nous montons en cabriolet; le cheval n'était qu'une rosse; et la petite voiture nous gagnait toujours de vitesse dans la grande avenue des Champs-Élysées. J'avise alors un de mes amis dans la tapissière; j'y monte, je prends les rênes, je fouette, et le cheval se trouvant vigoureux, nous voilà bientôt bord à bord avec la petite voiture que je fais arrêter. La dame arrive; on lève la toile qui couvrait la voiture, on fouille dans la paille, et on finit par trouver le chien mort, étranglé, gisant à côté de trois autres cadavres de ses camarades.

M. le président, à Blanvillain.—Pourquoi avez-vous volé et tué ce chien?

Blanvillain.—Je suis chargé par la police d'abattre les chiens errans sans muselure, sans laisse et sans maître; c'est une mission dont je me suis fidèlement acquitté, car depuis avril 1837, j'ai abattu plus de 10,000 chiens errans, et c'est quelque chose.

—Mais il résulte d'une note du dossier que cette autorisation, vous avait été retirée depuis quelques mois. Dans quel but continuer ces fonctions? que faisiez-vous de ces chiens?

—J'allais les jeter à la rivière.

—Ainsi donc vous n'auriez exercé qu'en amateur; il est plus probable que vous comptiez retirer quelque profit de ces animaux que vous proscriviez peut-être avec trop d'ardeur, car, bien que l'administration n'ait eu qu'à se louer de votre zèle et de votre adresse tout le temps qu'elle vous a chargé de détruire les chiens errans et non muselés qui peuvent devenir fort nuisibles à certaines époques de l'année, vous deviez cependant y apporter une certaine intelligence; il vous était facile de discerner si un chien était ou non errant, vous ne pouviez pas confondre un beau chien de chasse qui a toujours du prix, et qui, par conséquent, à toujours un maître, avec ces vilains caniches vagabonds qui n'appartiennent souvent à personne. Au surplus, ce qui aggrave votre position, c'est que le 12 avril dernier, jour de la plainte, vous n'aviez plus mission d'exercer votre ministère.

Blanvillain a beau rejeter l'erreur sur son aide qui l'accompagnait, le Tribunal ne l'en condamne pas moins à huit jours de prison, à 150 fr. de dommages-intérêts envers la partie civile, et fixe à six mois la durée de la contrainte par corps.

UNE ÉMEUTE A LONDRES.

Londres a eu dernièrement une émeute, mais les faits heureusement n'ont acquis aucune gravité.

Cent cinquante chartistes se promenaient dans les rues avec des drapeaux et leurs rangs s'étaient grossis d'une multitude de curieux. L'intervention de la police les a facilement dispersés.

Le soir, une maison où se tenait l'association démocratique, a été cernée, et treize individus y ont été arrêtés; ce sont tous des jeunes gens, à l'exception de Samuel Vaddington, petit vieillard contrefait qui a été déjà l'objet d'une condamnation pour affiches de placards séditieux.

Les autres prévenus exercent les états de chanteurs des rues, tailleurs, cordonniers-bottiers, imprimeurs, etc.

On a saisi chez eux un grand étendart tricolore représentant un homme armé d'un poignard, avec cette inscription : « Pour nos femmes et nos enfans la guerre à coups de couteaux ! ».

Trois autres drapeaux en soie portaient, le premier, un bonnet de liberté avec ces mots : « Avec l'aide de Dieu nous vivrons ou mourrons libres. » Au centre du second drapeau on voyait le portrait d'un ouvrier armé d'une pique, d'un poignard et d'un pistolet, et tenant une bannière avec cette devise : « Suffrage universel; vote au scrutin; parlemens annuels; plus de cens électoral; salaire des membres du parlement. » Sur le troisième drapeau est en grosses lettres cette légende : « Égalité de droits; on ne se rend pas. »

Les prévenus interrogés par un magistrat ont répondu que se trouvant par hasard dans la maison où on les a arrêtés, ils n'avaient rien à se reprocher. Quand vint le tour du vieux Samuel, qui avait pris des notes pendant les dépositions des témoins, il s'écria d'une voix éclatante : Enfin le moment est venu de justifier moi et mes compagnons d'infortune injustement accusés, l'on verra bien...

Le magistrat. — Le moment n'est pas venu de plaider avec tant de pompe; faisiez-vous ou non partie de l'association ?

Vaddington, ancien bottier et présentement afficheur. — Je ne me mêle point des affaires du gouvernement; j'étais allé par hasard chez un ami, lorsqu'à peine dans Ship-Yard, j'ai été assailli par un agent de police qui m'a mis le pistolet sur la gorge, en disant « Rendez-vous! » Je

demande si c'est là se conduire en véritable An-
glais.

Cette affaire a eu un résultat auquel parais-
saient peu s'attendre les prévenus. Sir Frédéric
Roe, premier magistrat, a déclaré qu'il n'y avait
pas de preuves suffisantes de culpabilité, qu'à la
vérité on avait saisi dans une armoire un certain
nombre de piques, mais qu'il n'était point prouvé
qu'ils eussent l'intention d'en faire un mauvais
usage; que les pancartes et les légendes inscrites
sur les drapeaux, tout en exprimant le vœu de
suffrage universel et d'autres utopies impratica-
bles, ne présentaient pas le caractère de provocation au renversement du gouvernement. En conséquence, et voulant cette fois user de douceur, il
a dit qu'il se bornait à exiger de douze d'entr'eux
700 fr. comme caution de leur bonne conduite
pendant six mois. Samuel Vadington, a seul été
excepté de cette mesure comme étant dans un état
d'aliénation mentale.

Vaddington.—Cela veut-il dire que je serai mis
de suite en liberté?

Le magistrat. — Oui, sans doute, mais ne re-
commencez pas; malheur à ceux qui seraient pris
en flagrant délit de sédition.

TENTATIVE DE PARRICIDE.

COUP DE PISTOLET, TIRÉ PAR UNE JEUNE FILLE SUR SON

PÈRE.

Une jeune fille est amenée sur le banc des assises, son attitude est calme et froide, quoique ses traits soient peu réguliers, sa figure est assez douce; une légère *caline* d'indienne rouge, bordée d'une large blonde noire, et rattachée sous le menton par un ruban rose, indique une paysanne des Vosges. En effet, la commune de Fougérolles, département de la Haute-Saône, est le lieu de sa naissance.

Marguerite Duchêne, est accusée d'avoir, dans la nuit du 21 au 22 février 1839, tenté de donner volontairement la mort à son père, en tirant sur lui un coup de pistolet.

M. le président. — Depuis long-temps vous aviez des relations avec un nommé Demougin? — Oui.

D. Ces relations étaient-elles approuvées par votre père? — Oui.

D. Il y a environ trois ans n'avez-vous pas eu un enfant par suite de cette liaison? — Oui.

D. Depuis lors, aviez-vous cessé de voir Demougin? — Non; nous nous rencontrions toujours; il devait m'épouser; j'ai encore été faible, et de nouveau je suis devenue enceinte.

D. En apprenant cela, votre père ne vous a-t-il pas fait de vifs reproches, et notamment dans la journée du 21. — Oui.

D. N'avez vous pas, dans cette même journée,

rencontré Demo gin en allant chercher un fagot dans le bois. — J'avais dit au juge d'instruction ne l'avoir pas rencontré, je conviens aujourd'hui que nous nous étions trouvés au bois.

D. Votre père n'est-il pas allé vous retrouver à la forêt, et ne vous adressa-t-il pas des reproches? — Il vint m'aider à porter mon paquet, mais il ne m'adressa aucun reproche.

D. En allant à la forêt, vous aviez rencontré des jeunes filles, lesquelles vous voyant suivie de Demougin, qu'on savait être votre amant, s'étaient éloignées par discrétion; lorsqu'elles revinrent avec leurs charges de bois, vous leur avez demandé, avec mécontentement, si votre père avait su d'elles la direction que vous aviez prise avec Demougin, ce qui ferait croire que vous aviez essuyé des reproches (L'accusée ne répond rien.)

D. Une fois rentrée à la maison, votre père qui y était déjà, ne vous adressa-t-il pas ces mots: « Puisque tu continues, tu peux emporter ton fagot, je ne veux plus te revoir; vas chercher ton pain ailleurs? » — Oui.

Qu'avez-vous fait alors? — Je suis partie, et j'ai été me réfugier sur le grenier de notre voisin,

D. Que s'est-il passé ensuite? — A neuf heures, voyant mon père sortir, je suis descendue et regagnant notre maison, j'allai me mettre sur le tas de foin, d'où mon père me fit descendre; ensuite, nous avons mangé; puis mon père s'est préparé à se mettre au lit. Il ne lui restait plus que ses bas et son pantalon, lorsqu'apercevant le pistolet qui était sur son coffre, il me dit qu'il lui avait été vendu par le nommé Colnot, et que, n'ayant pu le décharger, il fallait le mettre en lieu de sûreté de peur d'accident. Je lui donnai son bonnet que je tenais d'une main; le pistolet que j'avais de l'autre est parti tout-à-coup, je ne sais comment, et la charge a été frapper mon père.

D. Dans votre premier interrogatoire, vous avez bien dit que le pistolet était parti par l'effet du hasard, parce qu'il est en mauvais état; mais vous prétendiez qu'au moment où votre père avait été atteint, il avait encore sa veste et sa cravate?—Ce que je dis maintenant est la vérité.

D. Mais l'accusation prétend que c'est vers deux heures du matin, pendant que votre père était plongé dans le sommeil, que vous lui avez tiré le coup de pistolet. Vous soutenez que le pistolet est parti sans votre volonté?—Oui, Monsieur, il partait au premier cran.

D. Qu'avez-vous fait en voyant votre père blessé? —Craignant d'être battue, je me sauvai quoiqu'il me rappelât amicablement; puis il est venu me trouver dans le grenier du voisin.

D. On a saisi au domicile de votre père le pistolet que je vous représente, des draps, une chemise ensanglantée, et ce couteau qui vous appartient; reconnaissez vous ces objets?—Oui.

D. L'accusation prétend que voyant le peu de résultat produit par le pistolet, vous vous êtes élancée avec votre couteau; que vous avez porté des coups qui non-seulement ont laissé des traces s.ır la chemise, mais encore sur le corps du malheureux que vous vouliez assassiner? — Je n'ai pas fait usage de mon eouteau.

M. Odef, docteur en médecine à Luxeuil, déclare qu'étant chargé de visiter Duchêne père, qui, disait-on, avait reçu un coup de pistolet de sa fille, il examina une blessure que cet homme avait au cou et dont la profondeur était d'un pouce et quelques lignes; ayant sondé la blessure il fit l'extraction d'une grosse chevrotine. Cette blessure n'était pas la seule; en examinant attentivement, il remarqua, à la tête et à la poitrine, cinq légères blessures qui n'avaient pu être faites par une arme à feu; s'étant fait représenter la chemise que Duchêne portait le jour de l'évènement, il y vit des traces de coups de couteau qui correspondaient avec celles remarquées sur le corps.

M. Colnot, témoin. — Dans la matinée du 22, j'étais à la fontaine abreuvant mes chevaux, je vis arriver Duchêne la tête enveloppée, il était environ six heures et demie. « Est-ce que vous avez mal aux dents? que je lui dis. — Ah! oui, c'est ma fille qui a voulu m'assassiner à deux heures après minuit, me répondit-il. — Mais c'est une plaisanterie? — Venez voir plutôt. » Alors il me conduisit dans sa chambre et je vis tous les draps couverts de sang; il me raconta que, pendant qu'il dormait, sa fille lui avait tiré un coup de pistolet, que ne se sentant que blessé il l'avait rappelée, mais qu'elle s'était sauvée n'ayant que ses bas aux pieds. Il pensait que Marguerite avait voulu

le tuer parce qu'il lui défendait de revoir Du-
mougin. Dix minutes, un quart d'heure après, je
revis Duchêne, il me dit : « Oh! ce que je vous ai
raconté tout-à-l'heure n'est pas vrai; j'avais grondé
ma fille, elle était partie, je craignais qu'elle fut
allée se noyer, et j'ai dit cela pour qu'on ne m'ac-
cusât pas; » en même temps il m'a recommandé
de ne pas parler de ce qu'il m'avait confié, j'ai
répondu : « Il est trop tard, bien du monde le sait
déjà. »

M. le président. Lorsque vous fûtes arrivé dans
la chambre de Duchêne, ne vous fit-il pas remarquer du sang et des traces de coups de couteau
sur sa chemise? — Oui, Monsieur.

Le sieur Maire. — J'ai vu le père Duchêne pleurer sur sa porte, il était environ six heures et demie. Lorsque je lui demandai ce qu'il avait, il
me dit : « J'ai été assassiné cette nuit par ma fille;
je l'appelais à mon secours, mais elle s'est sauvée. »

Après quelques dépositions qui ne font que
confirmer les charges déjà produites, Marguerite
Duchêne, a été déclarée coupable : cependant le
jury ayant admis des circonstances atténuantes,
elle a été condamnée aux travaux forcés à perpé-
tuité. Elle a versé des larmes en entendant sa condamnation.

Insurrection des 12 et 13 mai.

La Cour des pairs réunie, le 12 juin 1839, pour délibérer sur le rapport et les réquisitions déposés la veille sur le bureau : M. Frank-Carré, procureur-général, assisté de MM. Boucly et Nouguier, substituts, a présenté un réquisitoire par lequel il a conclu à la mise en accusation de dix-huit accusés présens et de quatre contumaces.

Le rapport présenté par M. Mérilhou, au nom de la commission d'instruction, est ainsi conçu :

Messieurs, lorsque la Cour des pairs s'est occupée du procès d'avril 1834, elle a dû rechercher quelle était l'organisation du vaste complot qui avait éclaté à la fois sur plusieurs points du royaume. Alors vous avez appris que l'influence des sociétés secrètes avait été l'un des grands moyens de destruction employés par les conspirateurs d'alors contre le gouvernement de juillet. Le rapport de votre commission, qui restera comme un monument précieux pour l'histoire de nos jours, vous montrera la dynastie et la révolution de 1830 attaquées tour-à-tour, et quelquefois simultanément, par ceux qui travaillent au retour de la dynastie déchue, et par ceux qui veulent imposer à notre pays les formes républicaines. Vous avez vu, sous le titre d'*Amis du Peuple*, les factieux délibérer d'abord presque publiquement, puis se fondre en sociétés secrètes, variées par leurs noms, leurs principes et leur composition, préludant à l'anarchie générale par leurs dissensions intestines, mais à la fin à peu près réunies sous une direction unique, absorbées ou entraînées par la grande société des *Droits de l'Homme*,

et produisant la trop fameuse insurrection d'avril 1834,
qui ensanglanta à la fois Paris, Lyon, Saint-Étienne, et
agita violemment plusieurs autres cités.

Dans l'intervalle des complots d'avril 1834 à la révolte de mai 1839, nous voyons l'infernal attentat de
Fieschi, qui a épouvanté le monde au moment où vous
vous occupiez du jugement des accusés d'avril; la tentative d'Alibaud, l'année suivante, en 1836; celle de Meu-
nier en 1837, et les événemens de Strasbourg en 1838.

Au milieu de ces faits douloureux, dont le renouvel-
lement presque annuel est digne d'une attention sérieuse,
est arrivé le grand acte de l'amnistie, acte glorieux, qui
a pu faire quelques ingrats, mais dont le pouvoir ne
doit conserver aucun regret, puisqu'il a prouvé que le
gouvernement de juillet pouvait unir, à la force qui sait
vaincre, la magnanimité qui pardonne. La loi sur les
associations (10 avril 1834), a fait sentir aux factieux la
nécessité de diminuer le nombre des adeptes composant
chaque aggrégation; mais le nombre des aggrégations
a été augmenté; les relations hiérarchiques qui les unissent les unes aux autres se sont compliquées : l'œil vigi-
lant de la loi a rencontré plus d'obstacles; les doctrines
qu'on professe dans ces réunions ténébreuses ont redou-
blé de perversité, et les passions qui les agitent ont acquis plus de violence, en raison même du mystère dont
on a cru qu'on resterait enveloppé.

FAITS GÉNÉRAUX.

Pour exécuter l'attaque à main armée qu'on méditait
contre l'ordre public, il fallait des moyens, c'est-à-dire

des armes et des munitions; aussi la fabrication des poudres est devenue l'objet de l'activité des sociétés secrètes aussitôt après l'avortement du complot d'avril. Les premières découvertes à cet égard remontent à 1835, à l'époque même où la Cour des pairs s'occupait du procès d'avril. Une lettre adressée a l'un des inculpés de cette affaire fut saisie à Sainte-Pélagie, au moment où le sieur Spirat, clerc d'huissier, venant y visiter le sieur Hubin de Guer, essayait de la lui remettre. On y lisait:

« Quelques mois encore, et nous verrons ces furibonds s'arrêter tout court, effrayés du précipice qu'ils auront creusé eux-mêmes. Pour lors le fracas retentira et la royauté aura vécu... » et plus loin : « Depuis la loi infernale (celle sur les associations), une soif d'unité se fait sentir, les patriotes se recherchent, s'entretiennent de leurs peines, de leurs espérances; tous ont confiance dans l'avenir: un grand nombre s'y prépare par l'achat d'armes.

» A te revoir, ton acquittement ou le canon nous réunira. »

Cette pièce ayant éveillé l'attention de l'autorité, on constata que cette lettre était du nommé Crevat, autre accusé d'avril, à cette époque évadé de Sainte-Pélagie, et qui depuis a été arrêté et condamné par la Cour des pairs, à cinq ans de détention.

D'un autre côté, Pepin, condamné à la peine capitale comme complice de Fieschi, fit, la veille de son exécution, des révélations importantes an président de la Cour des pairs. Il signala l'existence d'une nouvelle société secrète, il indiqua le nom de celui qui l'avait initié, et le but de cette association, qui est le renversement du gou-

vernement; il dit: « On y jure haine à la royauté : je juge
du danger qu'elle peut offrir par les hommes importans
qui en font partie. Je dis importans par leurs talens. On
m'a dit que Blanqui jeune et Laponneraye étaient membres de cette société; mais je ne les ai pas vus, ayant été
reçu par deux membres seulement, celui qui présentait
et celui qui recevait. » Des mesures de surveillance
ayant été prises, l'autorité fut informée qu'il existait, rue
de l'Oursine, n° 113, une fabrique clandestine de poudres exploitée dans un but politique. Il serait inutile de
retracer les faits et les preuves qui se rattachaient à chacun des individus compromis dans cette affaire, il suffit
de rappeler que vingt-quatre d'entre eux ont été con-
damnés à diverses peines, et que, pour ce fait, Barbès
fut condamné à 1 an de prison et à 1000 fr. d'amende,
et Blanqui jeune à 2 ans de prison, 3000 fr. d'amende
et 2 ans de surveillance.

Il était évident que la fabrication de la poudre partait d'une association secrète, et que cette association
avait pour but l'anéantissement du gouvernement.

La première loi de cette association est de ne rien lais-
ser subsister d'écrit : c'est ce qui explique la rareté des
preuves; aussi celles qu'on possède ne sont dues qu'au
hasard. Néanmoins lors de l'instruction du procès des
poudres de la rue de l'Oursine, l'autorité administrative
transmit à l'autorité judiciaire un document qui n'est
autre chose que le formulaire, par demandes et par réponses, de la réception des adeptes dans une société secrète, qui était celle des familles. En voici les passages
les plus saillans :

« Le récipiendaire est introduit les yeux bandés ; on lui fait prêter le serment suivant : Je jure de garder le plus profond silence sur ce qui va se passer ici.

Le président lui adresse ensuite les questions qu'on va lire, auxquelles il doit faire les réponses qui suivent.

« 1. Que penses-tu du gouvernement actuel?—Qu'il est traître au peuple et au pays.

» 2. Dans quel intérêt fonctionne-t-il? — Dans celui d'un petit nombre de privilégiés.

» 3. Quels sont aujourd'hui les aristocrates ? — Ce sont les hommes d'argent, les banquiers, fournisseurs, monopoleurs, gros propriétaires, agioteurs, en un mot, les exploiteurs qui s'engraissent aux dépens du peuple.

» 4. Quel est le droit en vertu duquel ils gouvernent? — La force.

» 5. Quel est le vice dominant la société?—L'égoïsme.

» 6. Qu'est-ce qui tient lieu d'honneur, de probité, de vertu?—L'argent.

» 7. Quel est l'homme qui est estimé dans le monde? —Le riche et le puissant.

» 8. Quel est celui qui est méprisé, persécuté, mis hors la loi?—Le pauvre et le faible.

» 9. Que penses-tu du droit d'octroi, des impôts sur le sel et sur les boissons? — Ce sont des impôts odieux, destinés à pressurer le peuple en épargnant les riches.

» 10. Qu'est-ce que le peuple?—Le peuple est l'ensemble des citoyens qui travaillent.

» 11. Comment est-il traité par les lois?—Il est traité en esclave.

» 12. Quel est le sort du prolétaire sous le gouverne-

ment des riches? — Il est semblable à celui du serf et du
nègre, sa vie n'est qu'un long tissu de misères, de fati-
gues et de souffrances.

» 13. Quel est le principe qui doit servir de base à une
société régulière? — L'égalité.

» 14. Quels doivent être les droits du citoyen dans un
pays bien réglé? —Le droit d'existence, le droit d'instruction gratuite, le droit de participation au gouvernement;... ses devoirs sont le dévouement envers la société, et la fraternité envers ses concitoyens.

» 15. Faut-il faire une révolution politique ou une révolution sociale? — Il faut faire une révolution sociale.

» Le citoyen qui t'a fait des ouvertures, t'a-t-il parlé
du but de nos travaux? Ce but tu dois l'entrevoir déjà
par nos questions, et nous allons en quelques mots te
l'expliquer plus clairement encore. — Nous nous sommes associés pour lutter avec plus de succès contre la
tyrannie des oppresseurs de notre pays qui ont pour
politique de maintenir le peuple dans l'ignorance et dans
l'isolement; la nôtre doit-être, par conséquent, de répandre l'instruction et de rallier les forces du peuple en
un seul faisceau. Nos tyrans ont proscrit la presse et
l'association; c'est pourquoi notre devoir est de nous as-
socier avec plus de persévérance que jamais, et de sup-
pléer à la presse par la propagande de vive voix; car tu
penses bien que les armes que les oppresseurs nous in-
terdisent sont celles qu'ils redoutent le plus, et que nous
devons surtout employer. Chaque membre a pour mission de répandre, par tous les moyens possibles, les doctrines républicaines; de faire, en un mot, une propa-

gande active, infatigable; promets-tu pour cela de join-
dre tes efforts aux nôtres?

» Plus tard, quand l'heure aura sonné, nous prendrons
les armes pour renverser un gouvernement qui est traître
à la patrie. Seras-tu avec nous ce jour-là? Réfléchis bien
c'est une entreprise périlleuse : nos ennemis sont puissans; ils ont une armée, des trésors, l'appui des rois
étrangers; ils règnent par la terreur. Nous autres, pauvres prolétaires, nous n'avons pour nous que notre courage et notre bon droit. Te sens-tu la force de braver le
danger?

» Quand le signal du combat aura sonné, es-tu résolu
à mourir les armes à la main pour la cause de l'humanité?

» Citoyen, lève-toi! voici le serment que tu dois prêter : Je jure de ne révéler à personne, même à mes plus
proches parens, ce qui sera dit ou fait parmi nous; je jure
d'obéir aux lois de l'association, de poursuivre de ma
haine et de ma vengeance les traîtres qui se glisseraient
dans nos rangs, d'aimer et de secourir, mes frères, et de
sacrifier ma liberté et ma vie pour le triomphe de notre
sainte cause. Citoyen, nous te proclamons membre de
l'association, assieds-toi.

» As-tu des armes? des munitions? Chaque membre
en entrant dans l'association, fournit une quantité de
poudre proportionnée à sa fortune, un quarteron au
moins. En outre, il doit s'en procurer pour lui-même
deux livres. Il n'y a rien d'écrit dans l'association. Tu
ne seras connu que par le nom de guerre que tu vas
choisir. En cas d'arrestation, il ne faut jamais répondre
au juge d'instruction. Le comité est inconnu, mais au

moment du combat il est tenu de se faire connaître. Il y a défense expresse de descendre sur la place publique si le comité ne se met pas à la tête de l'association. Pendant le combat, les membres doivent obéir à leurs chefs, suivant toute la rigueur de la discipline militaire. Si tu connais des citoyens assez discrets pour être admis parmi nous, tu nous les présenteras : tout citoyen qui réunit discrétion et bonne volonté mérite d'entrer dans nos rangs, quelque soit d'ailleurs son degré d'instruction. La société achève son éducation politique. »

Si quelque chose pouvait accroître la gravité d'un tel document, ce serait la saisie faite des papiers du sieur Barbès, dans une résidence secrète qu'il occupait le 28 juillet 1835, et où il a passé cette même journée de juillet. C'est là qu'on a trouvé la pièce suivante qu'il a reconnue pour être écrite en entier de son écriture :

« Citoyens !

» Le tyran n'est plus : la foudre populaire l'a frappé. Exterminons maintenant la tyrannie.

» Citoyens le grand jour est venu, le jour de la vengeance, le jour de l'émancipation du peuple ; pour la réaliser, nous n'avons qu'à vouloir : le courage nous manquerait-il ?

» Aux armes ! aux armes ! que tout enfant de la patrie sache qu'aujourd'hui il faut payer sa dette à son pays ! »

Est-ce là, comme dit Barbès, un rêve jeté sur le papier ? ou ne serait-ce pas plutôt la preuve que les complices de Fieschi n'ont pas tous comparu devant la Cour des pairs. On a trouvé encore, entre les mains du sieur Barbès, un plan d'organisation de la Société des Familles.

Il a été saisi au domicile de la plupart des prévenus des paquets de cartouches reconnues pour n'avoir pas été confectionnées dans les arsenaux, ainsi que des fusils, des pistolets, des sabres et des épées, dont ils n'ont pu justifier la possession. Il n'est que trop évident que toutes ces menées, toutes ces attaques aboutissent à un centre commun, dont les formes ont pu varier, mais dont la tendance est inflexible, et dont les moyens d'action restent les mêmes.

L'association a d'abord existé presque publiquement sous le nom de Société des Droits de l'Homme; dissoute en 1834, elle renaquit de ses cendres sous le nom nouveau de Société des Familles, qui, à son tour, fut frappée par la loi en 1837. Au moment de l'insurrection du 12 mai, c'était la Société du Printemps, ou des Saisons, qui paraissait réunir dans son sein le plus grand nombre des révoltés. Son organisation a été exposée par le prévenu Nouguès, dans son interrogatoire du 8 de ce mois (juin); il a déclaré que la plus petite subdivision se compose de six hommes et d'un chef; cette subdivision forme une semaine, et le chef s'appelle un dimanche; quatre semaines reunies composent un mois, et présentent vingt-huit hommes, et vingt-neuf avec le chef qui s'appelle un juillet; trois mois forment une saison, qui est commandée par un chef qu'on appelle printemps; une saison comprend quatre-vingt-huit hommes; enfin, quatre saisons réunies forment une année, commandée par un chef qui s'appelle agent révolutionnaire.

Il paraît que la Société des Saisons ne se concentrait pas à Paris. Elle devait, comme celles qui l'avaient précédée chercher à étendre sur toute la France son fatal réseau ; en voici un exemple : avant de venir à Paris, Barbès habitait le département de l'Aude. Dans ses divers voyages à Carcassonne, il n'a pas perdu de vue les intérêts criminels dont il était là le représentant, et il a cherché à y créer une société secrète. C'est pour cela qu'il avait remis à un sieur Alberny un document relatif à la réception des nouveaux affiliés, lequel n'est que la répétition de celui dont nous avons déjà eu l'honneur de vous parler, et qui est écrit tout entier de la main de Barbès. Du reste, à Carcassonne comme à Paris, les théories à l'aide desquelles on voulait tenter les instincts populaires, et entraîner les masses, ne s'arrêtaient pas à une révolution politique. — Le nivellement des propriétés était aussi, comme nous l'avons déjà dit, la tendance avouée et le résultat promis. C'est ainsi qu'en 1837, sous le prétexte d'un appel à la bienfaisance publique, Barbès, Alberny, et quatre autres personnes, publièrent à Carcassonne un écrit intitulé : *Quelques mots à ceux qui possèdent, en faveur des prolétaires sans travail*. Le voici :

« Messieurs, sur un vaisseau en péril, la solidarité du danger fait concourir à la manœuvre, et change quelquefois en pilote le passager dont les fonctions sont nulles lorsque les flots et les vents sont propices.

» A plus forte raison, dans les détresses sociales, est-il du devoir de tout citoyen de payer à la patrie le tribut de sa pensée, de ses conseils, et même de ses prières.

» C'est ce devoir, Messieurs, que nous venons accomplir aujourd'hui. Sans fonctions dans les temps ordinaires, passagers obscurs et peut-être dédaignés, nous venons vous dire : Le vaisseau sombre; voici une voie d'eau; à l'aide ! à l'aide ! portons-y le chanvre et le goudron.

» Messieurs, la portion la plus intéressante et la meilleure du peuple, cette portion qui, par l'injuste constitution de la société, est condamnée à produire toujours sans jamais recueillir, se trouve privée maintenant de son unique ressource, le travail.

» Vous savez la misère extrême qui, durant tout cet hiver, a torturé cette classe infortunée. L'été, disait-on, en r'ouvrant les travaux de la campagne, apportera du soulagement à ses maux. L'été est arrivé, donnant la nourriture aux bêtes des champs, fournissant la pâture aux petits des animaux; mais, pour l'homme malheureux à qui la loi, qu'il n'a point faite, crie sans cesse : Ce champ n'est pas à toi, éloigne-t'en; ces moissons sont à un autre, garde-toi d'y toucher; l'été n'est plus fécond, et la terre marâtre, alors qu'elle se couvre de richesses et de fruits, semble lui porter le défi tentateur que subissait Tantale par l'ordre des infernales puissances.

» Puis, ne serait-ce pas une mauvaise fin de non-recevoir que de renvoyer aux travaux de la campagne la population que l'industrie manufacturière a allanguie ! et, pour prendre un exemple, ne serait-ce point une dérision barbare que d'offrir les travaux agrestes pour ressource aux 600 individus jetés sur le pavé par la fermeture du plus considérable des établissemens de notre ville, lorsqu'il est de science acquise aujourd'hui que la division du travail, tout en favorisant, en perfectionnant la production, rend l'homme impropre à tout autre labeur qu'à celui qui, depuis son enfance, occupe ses bras !

» Messieurs le premier de tous les droits est le droit de vivre, que l'homme apporte en naissant. Devant lui disparaissent toutes les conventions sociales que la nature n'a point ratifiées. Le pauvre se soumet à leúrs injonctions, quoiqu'il en soit la victime; mais si nous étions insensibles à ses douleurs, ne mériterions-nous point qu'il foulât aux pieds l'injuste loi humaine qui lui ordonnerait de mourir?

» Aussi, Messieurs, ce n'est pas ce qu'on appelle vulgairement la charité, que nous venons vous demander au nom de nos frères infortunés; non : la cause que nous plaidons est trop juste et trop sainte pour que nous ne vous fassions pas entendre un mâle et sévère langage. C'est l'accomplissement d'un devoir que nous vous demandons, car le droit du pauvre à l'existence n'est pas périmé, et c'est ce droit auquel le démocrate fils de Marie donnait la sanction de sa puissante parole, lorsqu'il s'écriait : « Les riches ne sont que les économes du bien » des pauvres. »

» Depuis longtemps, il est vrai, les enseignemens de l'illustre prolétaire sont tombés en désuétude. Des hommes se sont trouvés qui, embrassant comme un métier l'interprétation de sa féconde parole, ont donné au monde le spectacle de traîtres, désertant la cause du peuple pour passer dans le camp des puissans et des riches. Plus infâmes que Judas, qui n'a livré que le corps de son maître, ils l'ont trahi d'une manière plus perfide, en pervertissant son langage. Ainsi, pour flatter l'orgueil de ceux dont ils se sont faits les complices, ils ont dit que Christ, en nous ordonnant la charité, qui n'est pas autre chose que l'amour du prochain, nous recommandait seulement de donner une misérable aumône, comme l'on jette à un chien quelques bribes d'un festin.

» Non, encore une fois; ce n'est point cette charité ainsi amoindrie que nous vous demandons. Réveillez dans vos cœurs la vraie charité, celle que Christ et la nature nous commandent. Pensez à vos frères infortunés, à leurs souffrances, à leurs droits, à leurs mérites. Savez-vous bien que, pendant que leurs estomacs sont torturés par la faim, ailleurs on gaspille des millions pour célébrer les noces de je ne sais quel jeune homme inconnu à la France, avec la fille de quelque hobereau d'Allemagne. Qu'importe, il est vrai, à certaines gens qu'une partie du peuple français meure de faim; ce qui a le droit d'émouvoir leurs entrailles, ce qui excite leur jubilation, c'est que l'aîné de la race a enfin rencontré une épouse.

» Il est brutal et stupide l'égoïsme de ces gens-là, car à leurs orgies provocantes, le peuple, s'il s'en mêlait, pourrait répondre autrement que par des gémissemens et par des larmes.

» N'aurions-nous point honte de les imiter, Messieurs? Pourrions-nous oublier que dans ce monde, comme sur le vaisseau en péril, il y a solidarité pour tous, et qu'il est insensé autant qu'absurde de contempler la tempête, les bras croisés, en murmurant tout bas le cruel axiôme : Chacun pour soi, Dieu pour tous.

» Et vous frères malheureux et délaissés, qui, en voyant le méchant se retrancher derrière cette maxime, avez été portés peut-être à mettre en doute l'existence de l'auteur de la nature, ne blasphémez pas son saint nom;

ce n'est point lui, source éternelle de toute justice et de toute bonté, qui peut commander à l'homme d'être égoïste et sans pitié; les méchans lui ont prêté leur langage, ils l'ont peint à leur image ; malheur à eux, car Dieu n'est pas le complice des méchans et des tyrans, il sera leur juge sévère et inflexible.

» Ne nous accusez pas non plus d'avoir gâté votre cause par l'âpreté de nos paroles : nous sommes francs et véridiques avant tout, et même, dans cette occasion où nous désirons si ardemment voir la classe qui possède consacrer une partie de son superflu à secourir votre misère, nous ne pouvons dissimuler que nos sympathies sont tout entières de votre côté; nous eussions craint de vous humilier en nous servant pour vous d'un langage bas et flagorneur, car, comme le disait un vertueux jeune homme, qui expia sur l'échafaud de thermidor le crime d'avoir trop aimé le peuple; « Les malheureux sont les » puissances de la terre ; ils ont le droit de parler en » maîtres aux gouvernemens qui les négligent. »

» Messieurs, nous vous proposons une souscription au profit de nos frères, les prolétaires sans travail : MM. Bausil, Callat et Cases, notaires, se chargent de recevoir les fonds. Nous vous présentons. Messieurs, etc., etc. »

Telles ont été, Messieurs, dans ces derniers temps, et jusqu'au jour de l'insurrection, les dispositions mystérieuses à l'aide desquelles l'esprit de révolte s'alimentait lui-même, en s'excitant incessamment au bouleversement et à la guerre civile.

1839 fut choisi comme l'année pendant le cours de laquelle devait être tenté le nouveau coup de main du parti. Aux circonstances appartenait le choix du moment; mais afin qu'elles ne fussent pas plus fortes que les conspirateurs, il importait, pour les armes, pour le plan, pour le nombre, d'être prêts à chaque signal. Aussi, le premier soin que devaient prendre les chefs auxquels il fallait obéir, suivant toute la rigueur de la discipline militaire, était de rappeler à Paris tous ceux qui s'en étaient éloignés. Cet appel fut entendu; Barbès, Maréchal, et tous ceux dont les noms appartiennent encore aux recherches judiciaires revinrent à Paris. Là tout fut organisé pour la lutte : le comité exécutif s'assembla souvent, et toujours dans des lieux différens, cherchant ainsi à cacher à l'autorité qui veillait, ses criminelles menées. Son premier soin fut de dresser ses plans d'attaque, de distribuer les grades, d'instituer un gouvernement provisoire, de rédiger, pour le combat, un ordre du jour. Par cet ordre du jour, Auguste Blanqui était investi du commandement en chef; Barbès, Martin-Bernard, Meillard, Nétré, étaient nommés commandans des divisions des armées républicaines. Une presse clandestine servit à l'impression de la proclamation : elle fut lue sur les marches de l'Hôtel-de-Ville à la bande des insurgés; mais le pays l'aurait ignorée sans le hasard qui a permis à la justice d'en saisir un exemplaire et de le soumettre à votre attention. Vous allez juger par sa lecture de tout ce qu'il y a de persévérance et d'intensité dans les rêves incendiaires des coupables.

« Aux armes citoyens!

» L'heure fatale a sonné pour les oppresseurs.

» Le lâche tyran des Tuileries se rit de la faim qui dé-

chire les entrailles du peuple; mais la mesure de ses crimes est comblée : ils vont enfin recevoir leur châtiment.

» La France trahie, le sang de nos frères égorgés crie
vers vous et demande vengeance ; qu'elle soit terrible,
car elle a trop tardé. Périsse enfin l'exploitation, et que
l'égalité s'asseye triomphante sur les débris confondus
de la royauté et de l'aristocratie.

» Le gouvernement provisoire a choisi des chefs militaires pour diriger le combat; ces chefs sortent de vos
rangs; suivez-les, ils vous mèneront à la victoire.

» Sont nommés : Auguste Blanqui, commandant en
chef; Barbès, Martin-Bernard, Quignot, Meillard, Nétré,
commandans des divisions de l'armée républicaine.

» Peuple, lève-toi! et tes ennemis disparaîtront comme
la poussière devant l'ouragan. Frappe, extermine sans
pitié les vils satellites complices volontaires de la tyrannie; mais tends la main à ces soldats, sortis de ton sein,
et qui ne tourneront point contre toi des armes parricides.

» En avant, vive la république !

   » *Les membres du gouvernement provisoire*,

     « BARBÈS, VOYER-D'ARGENSON, A. BLANQUI,
     » LAMENNAIS, MARTIN-BERNARD, DUBOSC,
     » LAPONNERAYE.

» Paris, le 12 mai 1839. »

Les noms qui se trouvent sur cette proclamation ont
dû vous frapper ; ce sont Blanqui, Barbès, Martin-Bernard, Quignot, Meillard, Nétré, Laponneraye, qui doivent à un grand nombre de poursuites politiques une
influence de clubs et une illustration de parti. — C'est
Dubosc, qui a joué dans l'affaire des poudres un rôle im-

portant et qui y a été condamné à plusieurs mois de
prison. — D'autres noms, étrangers, sans aucun doute,
aux crimes que le complot préparait et que l'attentat
devait réaliser, figurent à côté de ces noms. Mais il est
bien facile de comprendre la spéculation d'une telle
manœuvre. N'oubliez pas que l'insurrection espérait un
double résultat; que par l'inauguration d'un gouvernement républicain et par le nivellement des fortunes, elle
promettait une révolution politique et sociale à la fois.
— Faut-il s'étonner, après cela, que, pour donner à son
œuvre de destruction une signification complète, elle ait
eu la pensée de s'adjoindre, par le mensonge, l'influence
de ces situations connues, dont la présence est un drapeau et dont la personnalité est un symbole.

Quoi qu'il en soit, et en dehors de la recherche de la
part de responsabilité qui doit s'attacher à chacune des
signatures, l'ordre du jour n'en reste pas moins comme
preuve de ce complot permanent, sous la menace duquel, depuis 1834, nous étions incessamment placés.
C'est une réminiscence des temps de Fieschi: c'est un
acte semblable à cette proclamation manuscrite de Barbès, qu'il a voulu faire admettre à une autre époque
comme le jeu d'une imagination en délire. — Aux jours
de cette explication, il n'était pas de raison humaine qui
pût croire à sa vraisemblance. — Mais aujourd'hui, alors
qu'après cinq années le même fait se reproduit sous la
même forme, dans le même style, et avec la même violence; alors surtout qu'une sanglante réalisation a suivi
la menace, le doute n'est plus possible, et l'identité d'o-
rigine reste démontrée.

3

JOURNÉES DES 12 ET 13 MAI.

Nous touchons au moment de la lutte : les partis vont descendre dans la rue. N'allez pas croire que le jour ait été choisi sans discernement, et que l'heure où ils doivent se réunir et attaquer soit livrée au hasard !

Vous savez quelles étaient les circonstances politiques au milieu desquelles nous nous trouvions alors. L'anarchie avait espéré qu'il lui serait facile de les exploiter à son profit, et, depuis le moment fixé pour l'ouverture des Chambres, elle était en permanence, prête à marcher au premier signal.

Au jour de la première réunion parlementaire, elle n'attesta sa présence au milieu de nous que par un attroupement tumultueux, formé aux environs du Palais-Bourbon, attroupement qui se laissa facilement dissiper par un simple déploiement militaire et par l'intervention pacifique de la force municipale.

Depuis, elle ne manifesta ses intentions que par ces rassemblemens qui, pendant quelques soirées, occupèrent la porte Saint-Denis et la porte Saint-Martin ; rassemblemens inoffensifs, que grossit presque toujours une téméraire curiosité, et que les partis n'aventurent sur la voie publique qu'à titre d'essai.

Mais pendant que ces divers essais fatiguaient la population en l'inquiétant, le jour de l'attaque était délibéré et choisi. Depuis longtemps, les sections avaient désigné un dimanche ou un jour de fête. Ces jours-là, et après le moment où se ferment les magasins, une grande partie de la population active de la capitale quitte Paris pour quelques heures. Le dimanche 12 mai, par l'attrait des courses du Champs-de-Mars, cette émigration d'un instant devait être plus considérable. Il y avait là, dans l'absence présumée des chefs de l'administration supérieure, et dans l'impossibilité, pour la garde nationale, de se réunir au premier rappel, avec cet élan, cet ensemble, cette unité, qui font sa force, un double motif de détermination.

Un motif non moins grave se présentait. Nous étions alors à l'époque où s'opère, pour les régimens, le mouvement général des changements de garnisons. Ce mouvement avait déjà commencé à Paris, et il devait continuer le dimanche 12. Vous comprenez dès-lors, Messieurs, tout ce qu'il y avait d'habileté dans ce calcul, qui tentait d'enlever, par la surprise, à l'armée la force que lui donne l'unité de son organisation, en l'attaquant au moment où, fractionnée pour le départ comme pour l'arrivée, elle restait sans ensemble au milieu de nous.

Une fois que le comité central eut ainsi déterminé le jour de la révolte, il importait au succès de sa criminelle tentative de fixer, avec la même précision, l'heure à laquelle elle devait éclater. Il fallait aussi modérer l'impatience des uns, gourmander la mollesse des autres, assurer l'exactitude de tous. Une convocation écrite fut alors adressée aux sectionnaires; et c'est encore par Emile Maréchal que la preuve en est venue à l'autorité judiciaire. Le 13 mai, l'un de MM. les juges d'instruction près le Tribunal de la Seine se transporta à l'hôpital Saint-Louis où se trouvaient déjà un assez grand nombre de blessés. Maréchal venait d'y mourir, son identité était déjà reconnue. Une perquisition dans les vêtemens qu'il portait était nécessaire, elle amena la saisie d'un petit fragment de papier, ayant à peu près un pouce carré de dimension et sur lequel se trouvait ces mots :

Marchand de vins, rue St-Martin, 10, 2 *heures* 1/2.

Malgré le laconisme de cet écrit, il n'est personne qui puisse se refuser à lire le mot d'ordre du parti et l'heure militaire qu'il a fixée : il se suffit à lui-même pour cela. Mais les circonstances extérieures qui l'entourent affirment bien mieux encore cette signification.

Nous vous prierons d'abord de remarquer les conditions mêmes de sa saisie. Elle a été opérée dans les effets de l'un des factieux, à l'hospice où il venait de mourir, alors qu'il avait reçu le coup mortel, dès le 12, quelques instants après l'heure constatée par l'écrit. Quand un tel rendez-vous a entraîné Maréchal au fort de la lutte et a amené pour lui une conséquence aussi fatale, est-il permis de douter de toute la portée d'un tel document?

L'origine de ce mot de convocation est plus signifi-catif encore : il est tout entier de la main de Barbès. A ce égard, malgré le silence de cet inculpé, l'hésitation est impossible. Une expertise, a constaté en effet qu'il est émané de lui; que c'est son écriture franche et courante. Il sera d'ailleurs soumis à votre vérification ; et comme l'écriture de Barbès a un caractère assez remarquable qui lui est propre et qui la distingue des écritures ordinaires; comme le billet saisi a été tracé sans déguisement, vous pourrez, nous n'en doutons pas, exercer sur cette pièce du procès une juridiction infaillible.

Ce billet de convocation, écrit d'une telle main, traversant une insurrection sanglante, pour être découvert et saisi sur le lit de mort d'un révolté, est un fait immense. Le complot qui arrête, concerte, prépare, réunit, convoque et jette à l'attaque; le complot est là tout entier.

Nous touchons du reste au moment où l'insurrection, qui n'est encore qu'en état de projet, va se matérialiser en quelque sorte et se transformer en attentat. L'heure est donnée, et, fidèles à cette heure, les sectionnaires divisés en petits groupes, conformément aux statuts mystérieux de l'association, se répandent dans Paris. Vers deux heures, un mouvement inaccoutumé se fait remarquer dans les rues Saint-Martin, Saint-Denis, et dans les rues adjacentes. Des jeunes gens assez nombreux, différens de costumes, de manières, de conditions, se rencontrent, se parlent, et paraissent se lier les uns aux autres par l'intimité d'une communication secrète. Ils se réunissent chez divers marchands de vins, et notamment chez celui qu'indiquait Barbès dans sa convocation. Ils s'y trouvent toujours en assez petit nombre, mais les allées et venues de quelques-uns indiquent que ces divers groupes se mettent en rapport tous ensemble, que les revues se passent, que les chefs se font reconnaître, que les mots d'ordre s'échangent. En ce moment, il est deux heures et demie; le complot est arrivé à son terme et la révolte va commencer.

Les premiers faits matériels qui la signalent ont pour les factieux une grande importance. Quelques-uns d'entre eux sont armés et prêts au combat ; mais il en est un plus grand nombre qui attendent les armes promises. Il faut donc, avant toute collision avec la force publique, répondre à leur voix.

Cette nécessité de l'insurrection ne prendra pas les chefs à l'improviste.

Leurs munitions sont toutes prêtes : vous savez par leurs précédens qu'une fabrication de poudre, de cartouches, de balles, a été long-temps en pleine exploitation au milieu de nous. Cette fabrication a été peut-être découverte et detruite, mais ses produits anterieurs n'en existaient pas moins encore.

D'ailleurs, et depuis la première affaire des poudres, les combinaisons des sectionnaires avaient été plus habiles. Ils avaient compris le danger de cette fabrication en grand et de ces vastes dépôts qui obligent à des confidences nombreuses ; et, comme vous l'avez vu par leur formulaire, chacun d'eux devait songer à lui-même et avoir son propre dépôt. Avec une telle organisation, les efforts de l'autorité judiciaire semblaient devoir être sans puissance, et cependant les faits recueillis par elles ontencore tout précisé à cet égard.

Dès le début de l'attentat, deux faits capitaux de distributions de cartouches ont eu lieu. Le premier, rue Bourg-l'Abbé, au moment du pillage d'armes, le second, rue Quincampoix. Dans un instant, quand nous aurons à vous faire connaître l'ensemble des charges qui s'élèvent contre deux inculpés, Bonnet et Armand Barbès, nous entrerons dans le détail de ces deux faits. Il nous suffit, quant à présent, de les énoncer comme

preuve nouvelle de la conspiration et de la terrible pré-
voyance de tous ses calculs.

Du reste ces distributions n'étaient pas les seules :
dans le cours de la nature et sur divers points de la capitale, des distributions de cartouches ont été égale-
ment signalées. Les unes avaient lieu de la blouse même
de l'un des insurgés ; les autres, de l'intérieur de tabliers
ou de ceintures ; d'autres encore, de gibecières qui
avaient été enlevées avec les armes ; toutes enfin, du
sein de la révolte, derrière les barricades et au moment
du combat.

Le moyen à l'aide duquel les coupables s'étaient ap-
provisionnés était bien facile à pressentir en présence
du souvenir récent d s dernières poursuites. Un document judiciaire important, appartenant au procès actuel,
fixe d'ailleurs les faits à cet égard. Toutes les armes sai-
sies ont été déchargées, et les charges ont été soumises
à l'examen de M. le capitaine d'artillerie Pernetty, dé-
légué à cet effet. Son rapport a constaté qu'à l'exception
de trois ou quatre cartouches, enlevées sans aucun doute
aux militaires désarmés, toutes étaient étrangères aux
magasins de l'État, et provenaient évidemment d'une
fabrication particulière. Leur dimension, la qualité de
la poudre, qui était en partie de la poudre de chasse, et
de la poudre de guerre de fabrication étrangère, ber-
noise ou anglaise, la nature et la couleur du papier, la
forme de la balle, sont signalées dans ce rapport, comme
autant de démonstrations.

Nous avons été frappés, Messieurs, d'un des résultats
obtenus par le rapprochement que nous avons dû faire
entre le travail de l'expert et les nombreuses pièces

trouvées dans les diverses perquisitions. D'après l'expert les balles sont d'un calibre de médiocre grosseur, pouvant être facilement introduites dans toute espèce de fusil. Le plus grand nombre de ces balles présente un aplatissement notable, qui n'existe pas sur celles de l'État, et qui est produit par le moule dans lequel elles ont été coulées. De toutes ces observations l'expert conclut que les balles, comme les cartouches, sont de fabrication particulière. Il faut maintenant que vous sachiez, Messieurs, que le 31 mai dernier, une saisie a placé sous la main de la justice plusieurs listes trouvées dans les papiers de Blanqui, listes dont nous aurons à vous entretenir souvent, et qu'au nombre de ces listes s'en trouve une qui réunit, par leur nom et par leur adresse, tous les plombiers de Paris.

N'est-ce pas là la preuve que tout se lie dans les précédents de ces sociétés, instituées comme une école permanente du crime ; que, forts du mystère dont ils s'environnent, les mêmes hommes nourrissent, depuis cinq ans, les mêmes espérances et travaillent à la même œuvre ; qu'en un mot ils ont, à partir de cette époque, placé la France dans les liens d'une chaîne long-temps invisible, qui rattache aux associations de 1834 les associations de 1839 ?

Les munitions étaient donc dans leurs mains. Ils n'avaient plus qu'à compléter leur armement ; et l'expérience de nos derniers troubles était là pour désigner à leur première entreprise les divers magasins des armuriers de Paris. Cependant, dans leurs prévisions, les chefs du parti n'avaient pas voulu livrer au hasard la chance de ces pillages ; ils avaient fait porter leurs études sur ce point comme sur l'ensemble des moyens d'attaque et de succès. C'est Blanqui qui nous en fournit encore la preuve. On a saisi dans ses papiers une liste intitulée: *Armuriers, arquebusiers*, liste qui, comme pour les plombiers, renferme un grand nombre de noms suivis de leurs adresses.

Cette partie du complot fut exécutée, comme toutes celles que le comité central avait arrêtées. Ce fut là le premier acte qui signala la présence dans nos rues et sur nos places publiques de cette bande de forcenés qui procèdent du pillage à l'attentat, de l'attentat au meurtre et au guet-apens. Après deux heures et demie, quand la revue générale eut été passée, ces hommes, au nombre de cent cinquante à deux cents, se rendirent à la rue Bourg-l'Abbé, et pénétrèrent, en brisant les portes et en escaladant les croisées, dans les magasins des frères Lepage. Là, ils s'emparèrent d'une grande quantité d'armes et de boîtes remplies de capsules.

Quelques instants après, entre trois et quatre heures, un pillage de même nature fut commis sur le quai de Gèvres, au préjudice de M. Leybe. Ce fut aussi en brisant la devanture de sa boutique, que l'on s'introduisit chez lui.

Plus tard, et vers six heures, M. Armand, armurier, rue du Roule, dont le nom se trouvait, avec celui de Lepage, sur la liste de Blanqui, fut victime de la même violence et des mêmes faits. Il en fut ainsi, d'ailleurs et dans des proportions plus ou moins considérables, sur un grand nombre de points.

C'est un crime bien grave, sans doute, que cette vio-lation, par la force et par les armes, du domicile et de la propriété, et cependant cette fois les insurgés ne s'arrêtèrent pas là. Ils organisèrent un plan nouveau de spoliation et de violence, enlevant les armes aux soldats isolés qu'ils rencontraient dans la rue, désarmant les postes, forçant le domicile des citoyens pour s'emparer des fusils et des sabres de la garde nationale, et, les contraignant avec des menaces de mort, et en les mettant en joue, à livrer celles qui n'avaient pu être trouvées. L'instruction a recueilli à chaque pas des faits de cette nature, plus coupables les uns que les autres. C'est presque rester au-dessous de la vérité que d'affirmer qu'aux lieux où l'anarchie s'était installée, on eût dit une ville livrée au pillage. Et tout cela ce n'était pas le hasard, ce n'était pas le caprice des uns ou la violence des autres qui le faisait commettre; c'était le résultat d'une idée arrêtée à l'avance; c'était l'une des conséquences d'un plan général d'attaque mis à l'ordre du jour par les chefs. L'instruction tout entière le démontre; mais un fait pris entre tous suffira quant à présent. Après le pillage, les factieux ont écrit sur quelques maisons ce mot, *Désarmé.* C'était à la fois un certificat d'obéissance aux prescriptions des chefs, et la quittance donnée pour l'impôt de guerre prélevé, sur la cité tranquille, par l'insurrection.

Telle est la manière dont les coupables ont, dans leur délire, inauguré leur tentative. C'est après cette révolte, organisée contre le droit des citoyens, qu'ils se sont mis en révolte contre le droit du gouvernement.

Avant de suivre dans ses développements la marche

de l'insurrection, il importe de se bien fixer sur son vé-
itable caractère.

Depuis la révolution de 1830, le sang a coulé plusieurs
fois dans Paris ; mais jamais la présence des associations,
leur intervention criminelle dans la lutte, leurs calculs
ténébreux, leur détestable influence ne se sont aussi bien
fait sentir. On peut dire que, cette fois, elles se sont
étalées au grand jour.

Les journées de juin furent, pour la France, les premières journées de deuil. Pour elles, on pouvait douter,
en s'arrêtant du moins à la surface et en les rattachant
au hasard d'un convoi, qu'elles fussent le produit nécessaire d'une association et d'un complot. C'est ainsi
que pensa la justice, et ses poursuites ne précisèrent que
que des faits individuels de meurtre et qu'un attentat.

En 1834, la même pensée ne pouvait se produire : la
main des associations sécrètes avait écrit le programme
du mouvement insurrectionnel, et arboré, sur plusieurs
points, le drapeau de la guerre civile. Mais du moins
elle avait, en apparence, quelque respect pour le droit
du pouvoir existant et quelque honte d'elle-même. Elle
expliquait le mouvement de Lyon par ce qu'elle appelait
les misères de la classe ouvrière et les effets du mutuel-
lisme. Quant au mouvement de Paris, elle cherchait à
ne le faire considérer que comme le contre-coup du
mouvement de Lyon.

Aujourd'hui il n'en est plus ainsi ; l'on conspire et on
s'en glorifie : c'est au milieu de la sécurité générale, du
bien être proportionnel de toutes les classes, des progrès

de la prospérité publique qu'une poignée de factieux se maintient en état d'association illégale, sape par des écrits clandestins les bases de notre ordre social et de notre constitution politique; se prépare, dans l'ombre, à appuyer ses griefs prétendus par la raison du sabre, et nous menace chaque jour du retour incessant de ces attaques. — C'est, cette fois, le complot sans prétexte et la guerre sans trève. C'est l'attentat en permanence, avec tous les malheurs qui s'attachent à lui.

Ce caractère incontestable du mouvement des 12 et 13 mai a été énergiquement révélé par la marche matérielle de l'insurrection.

C'est sur un plan hardiment tracé qu'elle s'est manifestée dès ses premiers pas. — Le comité avait parfaitement compris qu'à raison de l'infériorité relative, comme nombre, des sectionnaires, il n'avait à espérer quelque succès qu'en frappant un grand coup au début.

Auguste Blanqui, le commandant en chef des armées républicaines, y avait pensé le premier.

Une de ces listes témoigne qu'il s'en était vivement préoccupé. Cette lettre contenait le détail de tout le commissariat de police; des succursales importantes du Mont-de-Piété, dans les magasins duquel tant d'armes peuvent être déposées; des prisons militaires, dans lesquelles il espérait pouvoir exploiter l'esprit d'insubordination que peut inspirer le mécontentement d'une punition récente; des maisons de détention peuplées de l'écume de la société, à laquelle l'anarchie ne craint pas (et ce procès va l'attester) d'aller demander des recrues.

Une autre liste contenait l'énumération de tous les

ministères, et cette liste, comme les premières, notait avec une telle exactitude les adresses, que l'on a cru, par exemple, ne devoir négliger aucune des sept entrées du ministère des finances. De pareils détails indiquent suffisamment l'arriére-pensée de ces indication. C'était évidemment des documents préparés à l'avance pour l'application des calculs stratégiques du mouvement.

Le plan adopté fut le résultat de ces calculs, et l'on s'arrêta à l'idée de s'emparer, par un premier coup de main, de la préfecture de police et de la préfecture de la Seine.

Le premier de ces faits était pour la révolte un fait immense. Indépendamment de la terreur qu'aurait jetée au sein de la capitale l'occupation par les insurgés de la préfecture de police, on comprend tout ce qu'il y aurait eu de grave dans la position du pouvoir public, s'il n'avait plus eu ce centre d'opération, auquel viennent aboutir les rapports particuliers de chaque point de la cité, et qui en retour, peut, d'une manière égale, transmettre ses ordres, étendre sa surveillance, imprimer sa direction à chacun de ces points.

D'un autre côté, l'occupation de la préfecture de la Seine aurait frappé les esprits d'une impression profonde. Chacun se serait souvenu qu'en 1830 la révolution avait été accomplie du moment que l'Hôtel-de-Ville était tombé dans les mains de la nation et que la commission municipale avait pu y transférer le siége du gouvernement provisoire. C'était, sans aucun doute, le rêve des factieux. C'est dans cette prévision qu'ils annonçaient, dans leur ordre du jour, « des proclamations au peuple et à l'armée, et un décret du gouvernement provisoire, » espérant les dater de l'Hôtel-de-Ville et agir puissamment sur les masses par cette ressemblance avec le grand fait populaire de Juillet.

Il y avait, enfin, dans ce plan d'attaque un intérêt militaire important. Par la possession de ces deux points, des ponts et des quais qui les unissent, ils s'assuraient les moyens de se soutenir réciproquement et de se replier les uns sur les autres, et rendaient au contraire, très difficiles pour un instant, en coupant le cours du fleuve et en défendant son approche, les communications nécessaires à la répression du mouvement.

L'exécution d'un tel projet fut audacieuse comme le projet lui-même. Après la distribution des armes et des munitions de guerre, les diverses bandes tirèrent quelques coups de feu, s'adressant ainsi un signal mutuel, puis elles se réunirent, et descendirent ensemble la rue des Arcis pour aller rejoindre les quais. Là elles se divisèrent, se dirigeant les unes sur le poste du Palais-de-Justice, par le quai de Gèvres, le pont Notre-Dame et le quai aux Fleurs, les autres sur l'Hôtel-de-Ville, par les quais et par les petites rues qui débouchent sur la place de Grève.

Pendant que ce double mouvement s'opérait, l'officier de service au Palais-de-Justice fut prévenu. Il ne cru pas à l'imminence du danger dont on le menaçait, et se borna à faire sortir son poste qui resta l'arme au pied. Les factieux arrivèrent sur lui, et sur son refus de rendre ses armes, le massacrèrent ainsi que ses soldats par une

décharge faite à bout portant. **Dix** hommes furent at-
teints : le malheureux officier, le sergent et trois soldats
le furent mortellement. Plus tard nous vous retracerons,
en recherchant les coupables, les horribles détails de
cette scène de deuil ; malheureusement elle n'est pas la
seule que les événements de mai aient enfantée.

Le poste occupé, les insurgés se portèrent rapidement,
par le quai des Orfèvres, sur la préfecture de police ;
mais là, M. le préfet de police avait tout disposé pour
repousser leur attaque. Les armes étaient chargées ; de
petits postes de gardes municipaux et de sergents de
ville avaient été placés à chacune des issues et dans l'intérieur des appartements. Aussi le rassemblement ne
s'arrêta pas et se dispersa dans diverses directions, après
l'échange de quelques coups de feu.

Pendant ce temps, une partie des factieux avait voulu
s'emparer du poste de la place du Châtelet, occupé par
la garde municipale ; mais le sergent Baylac, qui com-
mandait ce poste, avait été averti ; il prit ses précautions
en homme de tête, et les exécuta en homme de cœur.
Barricadé dans le poste, il répondit vigoureusement au
feu des assaillants, qui tiraient à travers la porte et par la
fenêtre, et repoussa ainsi leur attaque.

Cependant le poste de l'Hôtel-de-Ville avait été enlevé
par les insurgés. Il n'y avait alors, au poste qui doit le
défendre, que le capitaine et le lieutenant de service,
le tambour et sept à huit gardes nationaux. Un coup de
fusil tiré sur le garde national de faction, annonça l'arrivée et les projets de cette bande. Il était trop dirta

pour se réunir, s'armer et se défendre ; le poste fut occupé, et les gardes nationaux désarmés.

Toutefois il est ici un fait que nous ne devons pas passer sous silence.

Au moment où les insurgés s'emparèrent du poste, ils fraternisèrent avec le capitaine, et l'un d'eux, en s'avançant vers lui, lui tendit la main et reçut la sienne. Ce fut là sans doute un acte pénible de soumission à la nécessité ; et ce qui prouve, à l'honneur de cet officier, qu'on ne peut le soupçonner d'une coupable adhésion à la révolte, c'est que, quelques instants après, les insurgés qui l'avaient amené dans une rue voisine, voulaient le fusiller, ils l'avaient déjà mis à genoux et il n'a été sauvé que par un hasard inespéré.

Maîtres du poste de l'Hôtel-de-Ville, les factieux y laissèrent une garde et continuèrent leur marche. C'est vers le marché St-Jean qu'ils dirigèrent leurs pas. — Il y a sur la place de ce marché un poste isolé, occupé par douze hommes de la troupe de ligne : ces hommes furent surpris sans défense. Un nouveau massacre, proportionnellement plus fatal par le nombre que le massacre du Palais-de-Justice y fut commis. Sur douze hommes, quatre furent tués et trois blessés. Ce fut encore ici une effroyable scène : les coups de feu furent tirés à bout portant contre les soldats dont les armes n'étaient pas chargées, et qui n'auraient pu se défendre que dans un engagement à la baïonnette. La fureur sanguinaire des assassins était telle qu'ils s'acharnaient aux

www.ingramcontent.com/pod-product-compliance
Ingram Content Group UK Ltd.
Pitfield, Milton Keynes, MK11 3LW, UK
UKHW021128140726
13695UKWH00004B/1781